KB110623

고독은 잴 수 없는 것

고독은 잴 수 없는 것

에밀리 디킨슨

강은교 옮김

The Loneliness One Dare Not
Sound
Emily Dickinson

차례

번역 판본

A Choice of Emily Dickinson's verse selected by Ted Hughes(Faber and Faber; 1968)

하지만 그 사랑을 우린

자기 그릇만큼밖에는 담지 못하지.

    ── 에밀리 디킨슨

That Love Is All There Is

That Love is all there is,
Is all we know of love;
It is enough, the freight should be
Proportioned to the groove.

사랑이란 이 세상의 모든 것

사랑이란 이 세상의 모든 것
우리 사랑이라 알고 있는 모든 것
그거면 충분해, 하지만 그 사랑을 우린
자기 그릇만큼밖에는 담지 못하지.

By Homely Gift and Hindered Words

By homely gift and hindered words

The human heart is told

Of Nothing —

'Nothing' is the force

That renovates the World —

소박하게 더듬거리는 말로

소박하게 더듬거리는 말로
인간의 가슴은 듣고 있지
허무에 대해 ——
세계를 새롭게 하는
힘인 '허무' ——

Exultation Is the Going of an Inland Soul to Sea

Exultation is the going
Of an inland soul to sea,
Past the houses — past the headlands —
Into deep Eternity —

Bred as we, among the mountains,
Can the sailor understand
The divine intoxication
Of the first league out from land?

환희란 내륙의 영혼이 바다로 가는 것

환희란 내륙의 영혼이
바다로 가는 것,
집들을 지나, 갑(岬)을 지나 —
깊은 영원으로 —

우리처럼 산 속에서 자라나,
알 수 있을까, 수부(水夫)는
대지로부터 떠나가는 환희의
그 성스러운 첫 봇물을.

I Have Never Seen 'Volcanoes'

I have never seen 'Volcanoes' ——
But, when Travellers tell
How those old —— phlegmatic mountains
Usually so still ——

Bear within —— appalling Ordnance,
Fire, and smoke, and gun,
Taking Villages for breakfast,
and appalling Men ——

If the stillness is Volcanic
In the human face
When upon a pain Titanic
Features keep their place ——

If at length the smouldering anguish
Will not overcome ——
And the palpitating Vineyard
In the dust, be thrown?

난 결코 화산을 본 일이 없지만

난 결코 화산을 본 일이 없지만 ──
여행자들은 말하지
그 늙은 ── 점잖은 산들이
여느 땐 얼마나 고요한지를 ──

속에는 ── 거대한 대포와,
불꽃, 연기, 그리고 총을 품고 있다가,
끌고 가자, 어느 날 아침 녘 문득 마을과
거대한 인류를 ──

인간의 얼굴에 깃들인 고요가
화산과도 같다면
속에는 거대한
끓어오르는 고통의 모습들이 자리하고 있는 것을 ──

하지만 마음속에 타오르는 고뇌도 끝내는
견딜 수가 없으리 ──
고동치는 포도밭을
흙 속에 뒤엎어 버린다면?

If some loving Antiquary,

On Resumpting Morn,

Will not cry with joy 'Pompeii'!

To the Hills return!

다시 열린 아침에,
어떤 열렬한 골동품상도
기쁨에 겨워 외칠 수 없으리, "폼페이여!
언덕으로 돌아올지어다!"라고.

An Awful Tempest Mashed the Air

An awful Tempest mashed the air —
The clouds were gaunt, and few —
A Black — as of a Spectre's Cloak
Hid Heaven and Earth from view.

The creatures chuckled on the Roofs —
And whistled in the air —
And shook their fists —
And gnashed their teeth —
And swung their frenzied hair.

The morning lit — the Birds arose —
The Monster's faded eyes
Turned slowly to his native coast —
And peace — was Paradise!

한 무서운 폭풍우가 대기를 짓이겼네

한 무서운 폭풍우가 대기를 짓이겼네 ―
구름들은 음산하게 ―
흑빛이 ― 유령의 외투처럼
하늘과 땅을 가렸네.

짐승들은 지붕 위에서 낄낄대고 ―
그리고 허공에서 지저귀고 ―
그리곤 주먹들을 흔들며 ―
그리곤 이빨들을 악물며 ―
그리곤 광포한 머리칼을 흔들었네.

아침이 켜졌네 ― 새들은 일어났네 ―
괴물의 시든 눈은
천천히 저희들의 언덕으로 돌아갔네 ―
이윽고 평화 ― 바로 천국!

Safe in Their Alabaster Chambers

Safe in their Alabaster Chambers —
Untouched by Morning —
And untouched by Noon —
Lie the meek members of the Resurrection
Rafter of Satin — and Roof of Stone!

Grand go the Years —
in the Crescent above them —
Worlds scoop their Arcs —
And Firmaments — row
Diadems — drop — and Doges — surrender —
Soundless as dots — on a Disc of Snow —

살포시, 백옥의 순결한 방 안에

살포시, 백옥의 순결한 방 안에 ─
아침에 스치지도 ─
또 대낮에 스치지도 않은 채 ─
누워 있네. 부활을 꿈꾸는 자들 ─
공단(貢緞)의 서까래 ─ 그리고 돌지붕 아래!

세월은 장엄히 간다 ─
차츰차츰 커지며 ─ 그 위로
세상 사람들은 시간의 원을 그리네 ─
이윽고 창공 ─ 소동
왕관들은 ─ 떨어진다 ─ 또한 총독*들은 ─ 항복한다 ─
반점처럼 소리도 없이 ─ 눈의 원반 위에 ─

─────────────

* 고대 베니스, 제노아 공화국을 다스리던 총독.

There's a Certain Slant of Light

There's a certain Slant of light,
Winter Afternoons —
That oppresses, like the Heft
Of Cathedral Tunes —

Heavenly Hurt, it gives us —
We can find no scar,
But internal difference,
Where the Meanings, are —

None may teach it — Any —
'Tis the Seal Despair —
An imperial affliction
Sent us of the Air —

When it comes, the Landscape listens —
Shadows — hold their breath —
When it goes, 'tis like the Distance
On the look of Death —

한 줄기 빛이 비스듬히

한 줄기 빛이 비스듬히 비친다.
겨울 오후 ——
대사원에서 흘러나오는 선율의
무게와도 같이 짓누르며 ——

그것은 굉장히 상처를 주는데도 ——
상처 자국 하나 없어라.
그러나 교감이 이는 내면에선
천둥 같은 변화가 —— .

아무도 그것을 가르칠 순 없다 —— 아무도 ——
그것은 봉인된 절망 ——
대기가 우리에게 건네준
장엄한 고뇌 ——

그것이 올 때면, 그림자들은 숨을 멈추고 ——
풍경들은 —— 귀 기울인다 ——
하나 그것이 사라질 때면 —— 마치 죽음의
얼굴 위에 누운 거리처럼 아득하여라.

I Felt a Funeral, in My Brain

I felt a Funeral, in my Brain
And Mourners to and fro
Kept treading — treading — till it seemed
That Sense was breaking through —

And when they all were seated,
A Service, like a Drum —
Kept beating — beating — till I thought
My Mind was going numb —

And then I heard them lift a Box
And creak across my soul
With those same Boots of Lead, again,
Then space — began to toll,

As all the Heavens were a Bell,
And Being, but an Ear,
And I, and Silence, strange Race
Wrecked, solitary here —

장례행렬이 지나가네, 머릿속으로

장례행렬이 지나가네, 머릿속으로
애도자들은 이리저리
걸어가네 — 걸어가네 — 마치
다리에 아무 감각도 없어진 듯할 때까지 —

하여 그들 모두 앉으면,
예배의 곡은 마치 북처럼 —
두드리네 — 두드리네 — 이제
내 정신은 마비되는구나 생각될 때까지 —

이윽고 난 들었네, 저들이 납의 무거운 발길로
또다시, 관을 들어 올려
내 영혼을 지나며 삐걱이는 소리를,
그러자 허공은 — 울리기 시작했네.

하늘이 온통 하나의 큰 종인 듯
그리고 존재란, 귀뿐인 듯,
하여 나와, 기이한 족속, 침묵은
난파했네, 홀로 여기서 —

And then a Plank in Reason, broke,
And I dropped down, and down —
And hit a World, at every plunge,
And Finished knowing — then —

하여 이성의 판자는 부서져,
난 넘어지고, 넘어져 —
하여 넘어질 때마다 세계와 부딪치고,
이윽고 — 망각하였네 —

How the Old Mountains Drip with Sunset

How the old Mountains drip with Sunset
How the Hemlocks burn ——
How the Dun Brake is draped in Cinder
By the Wizard Sun ——

How the old Steeples hand the Scarlet
Till the Ball is full ——
Have I the lip of the Flamingo
That I dare to tell?

Then, how the Fire ebbs like Billows ——
Touching all the Grass
With a departing —— Sapphire —— feature ——
As a Duchess passed ——

How a small Dusk crawls on the Village

그 늙은 산들은 얼마나 황혼으로 쓰러지는가

그 늙은 산들은 얼마나 황혼으로 쓰러지는가
헴록*은 얼마나 불타오르며 ―
어두운 풀숲은 얼마나 재에 덮이는가
마법의 태양으로 ―

그 낡은 첨탑들은 얼마나 진홍의 빛을 붙안는가.
지구가 가득 찰 때까지 ―
내 플라밍고**의 부리라도 가졌다면
감히 말해 볼까?

또 불꽃은 얼마나 파도처럼 밀려 나가는지 ―
마치 공작부인이 지나가기라도 하듯 ―
모든 풀들을 쓰다듬으며
떠나가는 ― 청옥(靑玉)의 ― 모습 ―

자그마한 땅거미는 얼마나 살금살금 마을 위로 기어가는가

---

* 북아메리카와 동부아시아에 분포되어 있는 나무의 일종. 짧은 바늘형의
잎과 작은 솔방울이 달려 있음.
** 홍학(紅鶴).

Till the Houses blot

And the odd Flambeau, no men carry

Glimmer on the Street ——

How it is Night —— in Nest and Kennel ——

And where was the Wood ——

Just a Dome of Abyss is Bowing

Into Solitude ——

These are the Visions flitted Guido ——

Titian —— never told ——

Domenichino dropped his pencil ——

Paralyzed, with Gold ——

집들이 어둠에 잠길 때까지
그리곤 이상한 촛불, 하지만 아무도
거리까지 비출 수는 없는 것을 ─

둥우리와 굴 속 ─ 얼마나 깊은 밤인가 ─
숲은 과연 어디 있었던가 ─
다만 혼돈의 지붕만이 홀로
흔들리고 있을 뿐 ─

이들은 귀도*를 스친 환상들 ─
티치아노**는 ─ 아무 말도 못했네 ─
도메니치노는 연필을 떨어뜨리고 말았지 ─
황금빛에, 마비되어 ─

---

* 귀도 다레초(Guido d'Arezzo, 990-1050)는 중세 이탈리아의 수도자이자
음악 이론가.
** 티치아노(Vecellio Tiziano, 1490?-1576)는 이탈리아의 화가이자
베네치아파의 지도자로 알려진 인물.

The Soul Selects Her Own Society

The Soul selects her own Society —
Then — shuts the Door —
To her divine Majority —
Present no more —

Unmoved — she notes the Chariots — pausing
At her low Gate —
Unmoved — an Emperor be kneeling
Upon her Mat —

I've known her — from an ample nation —
Choose One —
Then — close the Valves of her attention —
Like Stone —

영혼이란 제 있을 곳을 선택하는 법

영혼이란 제 있을 곳을 선택하는 법 ——
그리곤 —— 문을 닫아 버리지 ——
숱한 천상의 넋들에게 ——
더 이상 현전(顯前)하지 않아 ——

움직임도 없이 —— 꽃마차를 노래할 뿐 —— 머뭇머뭇 ——
낮은 제 문 앞에서 ——
움직임도 없이 —— 제왕도 무릎 꿇리지
영혼, 저의 매트 위에

난 영혼을 알고 있지 —— 그 광대한 나라에서 ——
하나를 선택하라 ——
그리곤 —— 관심의 밸브를 잠가 버려라 ——
바위처럼 ——

The Murmur of a Bee

The Murmur of a Bee
A Witchcraft —— yieldeth me ——
If any ask me why ——
'Twere easier to die ——
Than tell ——

The Red upon the Hill
Taketh away my will ——
If anybody sneer ——
Take care —— for God is here ——
That's all.

The Breaking of the Day
Addeth to my Degree ——
If any ask me how ——
Artist —— who drew me so ——
Must tell!

벌의 속삭임

벌의 속삭임이
한 마법이 — 나를 굴복시키네 —
누군가 왜냐고 묻는다면 —
죽음이 말보다 —
쉬운걸 —

언덕을 물들이는 붉은 빛이
내 의지를 빼앗아 가네 —
누군가 비웃는다면 —
조심할지어다 — 신은 여기 계시니 —
그뿐.

새벽이 나를 고양시키네 —
누군가 어떻게라고 묻는다면 —
예술가 — 그이가 날 그리 매혹시킨다고 —
말해야만 하리!

The Mushroom Is the Elf of Plants

The Mushroom is the Elf of Plants —
At Evening, it is not —
At morning, is a Truffled Hut
It stop upon a Spot

As if it tarried always
And yet its whole Career
Is shorter than a Snake's Delay
And fleeter than a Tare —

'Tis Vegetation's Juggler —
The Germ of Alibi —
Doth like a Bubble antedate
And like a Bubble, hie —

I feel as if the Grass was pleased
To have it intermit —
This surreptitious scion
Of Summer's circumspect.

버섯은 초목의 요정

버섯은 초목의 요정 —
저녁에, 아니지 —
아침에, 송로(松露) 가득한 오두막 속
그건 한 점 위에 멈추지.

언제나 머뭇대고 있는 듯하지만
하나 버섯의 일생이야말로
뱀의 머뭇댐보다도 짧은 것
또 살갈퀴보다도 덧없어 —

그건 초목의 요술쟁이 —
알리바이의 싹 —
거품처럼 빨리 사라지며
또 거품처럼, 서두르며 —

풀들도 아마 기뻐하는 것 같아
사려 깊은 여름의
이 은밀한 싹
버섯의 일시 방문을.

Had Nature any supple Face

Or could she one contemn —

Had Nature an Apostate —

That Mushroom — it is Him!

자연에 어떤 유순한 면모가 있다면
또는 그 무엇 하나라도 깔볼 수 있다면 ―
자연에 이단자가 있다면 ―
그야말로 버섯 ― 바로 그것임을!

He Fumbles at Your Soul

He fumbles at your Soul
As Players at the Keys
Before they drop full Music on —
He stuns you by degrees —
Prepares your brittle Nature
For the Ethereal Blow
By fainter Hammers — further heard —
Then nearer — Then so slow
Your breath has time to straighten —
Your Brain — to bubble Cool —
Deals — One — imperial — Thunderblot —
That scalps your naked Soul —
When Winds take Forests in their Paws
The Universe — is still —

그이는 그대의 영혼을 찾아다닌다

그이는 그대의 영혼을 찾아다닌다
음악을 다 연주할 때까지
건반을 더듬는 연주가처럼 ─
그리곤 차츰 그대들의 귀를 멍하게 하지 ─
지극히 가벼운 바람에도
덧없이 스러지는 그대의 본성을 채비하며
희미한 망치 소리로 ─ 멀리서 들리다가 ─
이윽고 가까이서 ─ 다음 아주 천천히
그대의 숨결은 고르게 되는 것을 ─
그대의 머리는 ─ 차디차게 끓어오르며 ─
때린다 ─ 한 장엄한 번개를 ─
벌거벗은 영혼의 머리 가죽을 벗기는 번개 ─
바람은 그때 발 아래 숲을 거두어들이고
우주는 ─ 고요하다 ─

I'll Tell You How the Sun Rose

I'll tell you how the Sun rose —
A Ribbon at a time —
The Steeples swam in Amethyst —
The news, like Squirrels, ran —
The Hills untied their Bonnets —
The Bobolinks — begun —
Then I said softly to myself —
'That must have been the Sun!'
But how he set — I know not —
There seemed a purple stile
That little Yellow boys and girls
Were climbing all the while —
Till when they reached the other side,
A Dominie in Gray —
Put gently up the evening Bars —
And led the flock away —

내 말하려네, 태양은 어떻게 떴는지

내 말하려네, 태양은 어떻게 떴는지 —
어느 땐 햇무리 —
첨탑들은 자줏빛 속에서 헤엄치고 있었네 —
그 소식은 마치 다람쥐처럼, 달리고 —
언덕은 보닛을 풀어헤치네 —
미식조(米食鳥)들도 — 일어나기 시작했네 —
그래 난 가만히 중얼거렸지 —
'분명히 해가 떴군!'
하지만 태양이 어떻게 졌는지 — 난 몰라 —
자그마한 노란 소년 소녀들이
저편에 이를 때까지
하루 종일 기어오르고 있는 —
자줏빛 형상만이 보일 뿐,
거기 땅거미 속에 한 목사님 —
부드럽게 저녁의 빗장을 올리고 —
그리곤 양 떼를 데리고 가네 —

I Went to Heaven

I went to Heaven —
'Twas a small Town —
Lit — with a Ruby —
Lathed — with Down —

Stiller — than the fields
At the full Dew —
Beautiful — as Pictures —
No Man drew.
People — like the Moth —
Of Mechlin — frames —
Duties — of Gossamer —
And Eider — names —
Almost — contented —
I — could be —

'Mong such unique
Society —

하늘나라에 갔었네

하늘나라에 갔었네 —
그건 한 자그마한 마을 —
빛나는 — 루비의 —
솜털로 — 지어진 마을 —

이슬 가득한 — 들
보다도 고요한 —
그 누구도 그릴 수 없는
그림처럼 — 아름다운.
메클린*의 — 레이스나방 같은 —
사람들 — 평화롭고 —
의무는 —
거미줄과 솜털처럼 가벼워 —
난 한껏 —
만족할 수 있었네 —

그 기이한
고장에서 —

● 벨기에 중북부에 위치한 도시. 메클린 레이스의 산지로 유명함.

After Great Pain, a Formal Feeling Comes

After great pain, a formal feeling comes —
The Nerves sit ceremonious, like Tombs —
The stiff Heart questions was it He, that bore,
And Yesterday, or Centuries before?

The Feet, mechanical, go round —
Of Ground, or Air, or Ought —
A Wooden way
Regardless grown,
A Quartz contentment, like a stone —

This is the Hour of Lead —
Remembered, if outlived,
As Freezing persons, recollect the Snow —
First — Chill — then Stupor — then the letting go

크나큰 고통이 지난 뒤엔

크나큰 고통이 지난 뒤엔, 아주 도덕적인 느낌 —
마치 무덤처럼, 신경들은 엄숙히 가라앉고 —
얼어 버린 심장은 질문하네, 바로 그였느냐고, 고통 당했던
　　이가,
어제, 아니 수세기 전부터?

발은 무의식적으로 움직이네 —
땅 위건, 공중이건, 아니 허무 속이건 —
멋대로 자란
숲길,
수정처럼 명징한 쾌감 —

이것이 선각자의 시간 —
기억해야 하리, 끝내 살았다면,
냉동되는 인간이 눈(雪)을 상기하듯 —
처음엔 — 오한이 나다가 — 이윽고 황홀 — 이윽고 해방이
　　오는 것을.

I Died for Beauty — but Was Scarce

I died for Beauty — but was scarce
Adjusted in the Tomb
When one who died for Truth, was lain
In an adjoining Room —

He questioned softly 'why I failed?'
'For Beauty,' I replied —
'And I — for Truth — Themself are one —
We brethren are,' He said —

And so, as kinsmen, met a Night —
We talked between the Rooms —
Until the Moss had reached our lips —
And covered up — our names —

미(美)를 위해 난 죽었지

미(美)를 위해 난 죽었지 — 그러나
무덤에 안장되자마자
진실을 위해 죽은 이가
이웃 무덤에 뉘어졌지 —

그이는 소곤소곤 내게 물었지, 왜 죽었느냐고?
"미를 위해." 난 대답했지 —
"나 역시 — 진실 때문에 — 그러나 이 둘은 한 몸 —
우린 형제로군." 그이는 소리쳤네 —

하여 밤길에 만난 동포들처럼 —
우린 무덤 사이로 얘기했네 —
이끼가 우리 입술에 닿을 때까지 —
그리고 우리 이름을 덮어 버릴 때까지 —

The Mountains Grow Unnoticed

The mountains — grow unnoticed,
Their purple Figures rise
Without attempt, exhaustion,
Assistance or applause.

In their eternal faces
The sun — with broad delight
Looks long — and last — and golden,
For fellowship — at night.

산들은 눈치채지 못하게 자란다

산들은 눈치채지 못하게 — 자란다.
그 자줏빛 모습은
시도도, 피로도 없이,
도움도, 또한 박수갈채도 없이 일어선다.

그 영원한 얼굴 속에서
태양은 — 크나큰 기쁨으로
바라본다 — 오래 — 오래 — 금빛에 물들 때까지,
밤의 친교를 위해.

I Never Saw a Moor

I never saw a moor,
I never saw the sea,
Yet know I how the heather looks,
And what a wave must be.

I never spoke with God,
Nor visited in Heaven,
Yet certain am I of the spot
As if the chart were given.

난 결코 황야를 본 적이 없어요

난 결코 황야를 본 적이 없어요.
바다도 본 적이 없어요.
하지만 알고 있는걸. 히스*가 어떻게 생겼는지,
또 파도란 어떤 건지도.

난 결코 하느님과도 얘기해 본 적이 없어요.
하늘나라에 가 본 일도 없어요.
하지만 그 위치는 확신하고 있는걸.
이미 그려져 있는 도표처럼.

---

* 히스(heath) 속의 식물 이름.

Success Is Counted Sweetest

Success is counted sweetest
By those who ne'er succeed.
To comprehend a nectar
Requires sorest need.

Not one of all the purple host
Who took the flag to — day
Can tell the definition
So clear of victory.

As he, defeated, dying,
On whose forbidden ear
The distant strains of triumph
Break, agonized and clear.

성공은 달디달다고들 말하지만

성공을 맛보지 못한 이들
성공은 달디달다고 말하지.
그러나 감로수의 맛이란
쓰라린 고통이 지난 뒤에야 알 수 있는 것.

오 ─ 늘 깃발을 들고 있던
화려한 차림의 높은 족속들 중
그 아무도 명쾌하게 승리를
정의 내릴 수는 없다.

그처럼 패배하고, 죽어 가면서
들리지 않는 귓가로
승리의 머나먼 선율은
울린다, 괴로움에 차서, 그러나 분명히.

The Heart Ask Pleasure —— First

The Heart ask pleasure —— first
And then —— Excuse from pain ——
And then —— those little Anodynes
That dreaden suffering ——

And then —— to go to sleep ——
And then —— if it should be
The will of its Inquisitor
The liberty to die ——

가슴은 우선 즐겁기를

가슴은 우선 즐겁기를 바라지 —
그리곤 — 고통의 회피를 —
그리곤 기껏 — 아픔을 마비시키는
몇 알 진통제들을 —

그리곤 — 잠드는 것을 —
그리곤 — 심판관의 뜻이라면
죽을 자유를 —

Hope Is the Thing with Feathers

Hope is the thing with feathers
That perches in the soul,
And sings the tune without the words
And never stops at all,

And sweetest in the gale is heard,
And sore must be the storm
That could abash the little bird
That kept so many warm.

I've heard it in the chillest land,
And on the strangest sea,
Yet, never, in extremity,
It asked a crumb of me.

희망이란 날개 달린 것

희망이란 날개 달린 것.
영혼의 횃대 위를 날아다니지,
말없이 노래 부르며
결코 멈추는 법 없이.

바람 속에서도 달콤하디달콤하게 들려오는 것.
그러나 폭풍은 쓰라리게 마련.
작은 새들을 어쩔 줄 모르게 하지.
그렇게도 따뜻한 것들을.

차디찬 땅에서도 난 그 소리를 들었지.
낯선 바다에서도.
하지만, 궁지에 빠져도
희망은 나를 조금도 보채지 않네.

I Dreaded That First Robin, So,

I dreaded that first Robin, so,
But He is mastered, now,
I'm accustomed to Him grown,
He hurts a little, though —

I thought if I could only live
Till that first Shout got by —
Not all Pianos in the Woods
Had power to mangle me —

I dared not meet the Daffodils —
For fear their Yellow Gown
Would pierce me with a fashion
So foreign to my own —

처음에 난 굉장히 로빈을 무서워했지

처음에 난 굉장히 로빈°을 무서워했지
하지만 이제 그놈은 길들여졌네,
그놈을 키우는 데 난 꽤 익숙해졌어,
약간 상처를 내긴 하지만, 그렇지만 ─

난 단지 그놈이 처음 울기 시작할 때까지만
살 수 있으리라고 생각했지 ─
하지만 숲 속의 온 노래들도
날 결코 결단 내진 못했어 ─

난 감히 수선화를 만지지 못했었지 ─
그 노란 겉옷°°이 무서워
나와는 너무도 다른 모습으로
혹 나를 찌를까 봐 ─

° 북아메리카에 분포되어 있는 철새의 이름. 가슴은 붉고, 등은 검은빛의 깃털로 싸여 있다.
°° 여기서 노란 겉옷(Yellow Gown)은 수선화의 노란 꽃잎에 비유한 것이다. 이 이미지는 갈보리 언덕과 연결되어 예수와 기독교를 상징하고 있다.

I wished the Grass would hurry —
So — when 'twas time to see
He'd be too tall, the tallest one
Could stretch — to look at me —

I could not bear the Bees should come,
I wished they'd stay away
In those dim countries where they go,
What word had they, for me?

They're here, though; not a creature failed —
No blossom stayed away
In gentle deference to me —
The Queen of Calvary —

Each one salutes me, as he goes,

난 풀이 어서 자라길 바랐었지 ──
하여 바라볼 때면 ──
풀은 너무 자라서 ── 제일 큰 건
내 키까지 뻗쳐 ── 바라보게 되기를 ──

난 벌들이 오는 걸 참을 수 없었지,
머물러 있기를 바랐어
그들이 가는 그 어두운 나라에서
벌들이 무슨 말을 할 것인가, 내게?

하지만 여기 있구나, 죽은 놈은 없어 ──
꽃들도 아직 피어 있어
부드러이 나를 좇는구나 ──
갈보리*의 여왕도 ──

모두 가면서 내게 인사하네,

──────────

* 예루살렘 성 밖의 언덕으로, 예수가 이곳에서 십자가에 못 박혔다.
아랍(지금의 시리아 및 메소포타미아 지방) 말로는 굴구다(Gulgu-tha),
골고다(Golgotha)라고 불리며 그리스어로는 크라니온(Kranion)으로 불린다.

and I, my childish plumes,

Lift, in bereaved acknowledgment

Of their unthinking Drums —

하여 나, 내 어린애 같은 깃털들은
올라가네. 인사도 없는
그들 철없는 북소리에 ―

The Wind —— Tapped Like a Tired Man

The Wind —— tapped like a tired Man ——
And like a Host —— 'Come in'
I boldly answered —— entered then
My Residence within

A Rapid —— footless Guest ——
To offer whom a chair
Were as impossible as hand
A sofa to the Air ——

No Bone had He to bind Him ——
His Speech was like the Push
Of numerous Humming Birds at once
From a superior Bush ——

His Countenance —— a Billow ——
His Fingers, as He passed
Let go a music —— as of tunes

바람이 지친 듯이 문을 두드렸네

바람이 — 지친 듯이 문을 두드렸네 —
주인이기나 하듯 — 난 커다란 목소리로 —
대답했네 — "들어오게."
이윽고 바람은 문 안으로 들어왔네.

날쌘 — 발(足) 없는 손(客) —
그러나 의자를 권하는 건
정말 불가능, 허공에게
소파를 건네는 것처럼 —

바람은 동여맬 뼈도 없어 —
바람의 말은
콧노래를 부르며 일시에
커다란 수풀로부터 날아오르는
새 떼들과도 같아 —

파도인 — 바람의 얼굴 —
풀밭에 떨리는 선율로 불며
노래하는 — 바람의

Blown tremulous in Glass —

He visited — still flitting —
Then like a timid Man
Again, He tapped — 'twas flurriedly —
And I became alone —

손가락 ——

바람이 찾아왔네 —— 언제나 황급히 날며 ——
그리곤 머뭇머뭇
다시, 문을 두드렸네 —— 당황스러워하며 ——
이윽고 난 혼자였네 ——

I Heard a Fly Buzz — When I Died

I heard a Fly buzz — when I died —
The Stillness in the Room
Was like the Stillness in the Air —
Between the Heaves of Storm —

The Eyes around — had wrung them dry —
And Breaths were gathering firm
For that last Onset — when the King
Be witnessed — in the Room —

I willed my Keepsakes — Signed away
What portion of me be
Assignable — and then it was
There interposed a Fly —

with Blue — uncertain stumbling Buzz —
Between the light — and me —
And then the Windows failed — and then
I could not see to see —

나 죽어서 웅웅대는 한 마리 파리 소릴 들었네

나 죽어서 — 웅웅대는 한 마리 파리 소릴 들었네 —
방 안에는 고요
마치 끓어 대는 폭풍 사이 —
허공의 고요와도 같이.

사방에서 눈[眼]들은 — 싸늘하게 비틀어 대며 —
숨결은 죽음의 왕이 지켜볼
마지막 한순간을 위해
굳어지며 — 방 안에서 —

난 내 유물들을 나누어 주었네 —
양도할 내 몫에
사인하여 — 그러자 거기
날아드는 파리 한 마리 —

우수에 잠겨 — 비틀비틀 웅웅대며 —
빛과 나 사이에서 —
이윽고 창은 닫히고 — 이윽고
아무것도 난 볼 수 없었네 —

Departed —— to the Judgment

Departed —— to the Judgment —
A Mighty Afternoon —
Great Clouds —— like Ushers —— leaning —
Creation —— looking on —

The Flesh —— Surrendered —— Cancelled —
The Bodiless —— begun —
Two Worlds —— like Audiences —— disperse —
And leave the Soul —— alone —

심판을 향해 떠나가며

심판을 향해 ─ 떠나가며 ─
거대한 오후 ─
장엄한 구름은 문지기처럼 ─ 만물에
기대어 ─ 바라보고 있었네 ─

단념하는 살[肉] ─ 이윽고 소멸 ─
무가 시작됐네 ─
관중들처럼 ─ 두 개의 세계는 흩어지고
이윽고 홀로 ─ 영혼만이 남았네 ─

This World is Not Conclusion

This World is not Conclusion.
A Species stands beyond —
Invisible, as Music —
But positive, as Sound —
It beckons, and it baffles —
Philosophy — don't know —
And through a Riddle, at the last —
Sagacity, must go —
To guess it, puzzles scholars —
To gain it, Men have borne
Contempt of Generations
And Crucifixion, shown —
Faith slips — and laughs, and rallies —
Blushes, if any see —
Plucks at a twig of Evidence —
And asks a Vane, the way —
Much Gesture, from the pulpit —
Strong Hallelujahs roll —
Narcotics cannot still the Tooth
That nibbles at the soul —

이 세상이 끝은 아니지

이 세상이 끝은 아니지.
종족은 무한히 계속되는 것 —
음악처럼, 보이지 않게 —
그러나 소리처럼 뚜렷이 —
신호하며, 괴로워하며 —
원리는 — 모르는 채 —
그리고 끝내 수수께끼를 풀며 —
현명함이란, 결국 사라지는 것 —
그걸 눈치채려고 학자들은 쩔쩔매며 —
그걸 얻으려고 인류는
시대의 경멸과
십자가를 진다. 어느덧
믿음은 사라지고 — 그리고 웃고 조롱하고 —
누가 볼까, 얼굴 붉히며 —
붙든다. 형적(形迹)의 잔가지를 —
그리고 바람개비에게 묻는다, 길을 —
강단엔 무수한 몸짓 —
커다랗게 할렐루야가 울린다 —
최면제라 하여 영혼을 물어뜯는
이빨까지 달랠 수는 없으니 —

Because I Could Not Stop for Death

Because I could not stop for Death —
He kindly stopped for me —
The carriage held but just Ourselves —
And Immortality.

We slowly drove — He knew no haste
And I had put away
My labor and my leisure too,
For His Civility —

We passed the School, where Children strove
At Recess — in the Ring —
We passed the Fields of Gazing Grain —
We passed the Setting Sun —

Or rather — He passed Us —
The Dews drew quivering and chill —
For only Gossamer, my Gown —
My Tippet — only Tulle —

내 죽음 때문에 멈출 수 없기에

내 죽음 때문에 멈출 수 없기에 ―
친절하게도 죽음이 날 위해 멈추었네 ―
수레는 실었네, 우리 자신은 물론 ―
또 영원을.

우린 천천히 나아갔네 ― 죽음은 서두름을 모르지.
하여 난 죽음을 향한 예의로
내 고통과 안일도 함께
실어 버렸네 ―

거기 ― 휴식시간에 ― 둥글게 앉아
아이들이 싸우고 있는 학교를 지나 ―
낟알 가득 바라보는 들을 지나 ―
석양을 지나 ―

아니 그보다 ― 죽음이 우릴 지나갔지 ―
이슬은 차디차게 떨며 잡아당겼네 ―
이 하찮은 것들, 내 가운 ―
내 목도리 ― 얇은 망사 베일을 ―

We paused before a House that seemed

A Swelling of the Ground —

The Roof was scarcely visible —

The cornice — in the Ground —

Since then — 'tis Centuries — and yet

Feels shorter than the Day

I first surmised the horses' Heads

Were toward Eternity —

우린 머뭇거렸네 ─
다만 땅이 좀 솟은 듯한 집 앞에서 ─
지붕도 처마 장식도 거의
보이지 않았네 ─ 땅 속에서 ─

그때부터 ─ 수세기는 ─ 시작되었네.
하루보다 짧게 느껴지며
난 첨엔 생각했었지, 말[馬] 머리는
영원을 향하고 있다고 ─

My Soul — Accused Me

My Soul — accused me — And I quailed —
As Tongue of Diamond had reviled
All else accused me — and I smiled —
My Soul — that Morning — was My friend —

Her favor — is the best Disdain
Toward Artifice of Time — or Men —
But her Disdain — 'twere lighter bear
A finger of Enamelled Fire —

영혼이 — 날 비난했네

영혼이 — 날 비난했네 — 그래 난 두려워 떨었네 —
금강석의 혀가 욕하기라도 한 듯
모두 모두 날 비난했네 — 그러나 난 웃음 지었네 —
내 영혼은 — 그 아침 — 내 친구였네 —

영혼의 은총은 — 지고(至高)의 경멸
인류와 — 또 시간의 술책을 향하여 —
그러나 영혼의 경멸은 — 눈부신 불꽃 무늬 손가락도
가볍게 견디는 것을 —

The Loneliness One Dare Not Sound

The Loneliness One dare not sound —
And would as soon surmise
As in its Grave go plumbing
To ascertain the size —

The Loneliness whose worst alarm
Is lest itself should see —
And perish from before itself
For just a scrutiny —

The horror not to be surveyed —
But skirted in the Dark —
With consciousness suspended —
And Being under Lock —

I fear me this — is Loneliness —
The Maker of the soul
Its Caverns and its Corridors
Illuminate — or seal —

고독은 잴 수 없는 것

고독은 잴 수 없는 것 ―
그 크기는
그 파멸의 무덤에 들어가서 재는 대로
추측할 뿐 ―

고독의 가장 무서운 경종은
스스로 보고는 ―
스스로 앞에서 멸하지나 않을까 하는 것
다만 자세히 들여다보는 동안 ―

공포는 결코 보이지 않은 채 ―
어둠에 싸여 있다 ―
끊어진 의식으로 ―
하여 굳게 잠가진 존재 ―

이야말로 내가 두려워하는 ― 고독 ―
영혼의 창조자
고독의 동굴, 고독의 회랑(回廊)은
밝고도 ― 캄캄하다 ―

Banish Air from Air

Banish Air from Air —
Divide Light if you dare —
They'll meet
While Cubes in a Drop
Or Pellets of Shape
Fit
Films cannot annul
Odors return whole
Force Flame
And with a Blonde push
Over your impotence
Flits Steam

추방하라, 허공으로부터 허공을

추방하라, 허공으로부터 허공을 ─
쪼개려면 쪼개라, 빛을 ─
하면 저들은 만나리.
한 물방울 속에 입자들로
혹은 작은 원구(圓球)들로
어울리는 한
엷은 안개도 없어질 순 없다.
향기도 전부 돌아와
불꽃을 일으키고
하여 그 금발의 무리로
그대 무력을 쓰러뜨리며
날아다닌다, 안개 사이로.

I Stepped from Plank to Plank

I stepped from Plank to Plank
A slow and cautious way
The Stars about my Head I felt
About my Feet the Sea.

I knew not but the next
Would be my final inch —
This gave me that precarious Gait
Some call Experience.

널빤지에서 널빤지로 난 걸었네

널빤지에서 널빤지로 난 걸었네
천천히 조심스럽게
바로 머리맡에는 별
발 밑엔 바다가 있는 것같이.

난 몰랐네 다음 걸음이
내 마지막 걸음이 될는지 ──
어떤 이는 경험이라고 말하지만
도무지 불안한 내 걸음걸이.

To My Quick Ear the Leaves — Conferred

To my quick ear the Leaves — conferred —
The Bushes — they were Bells —
I could not find a privacy
From Nature's Sentinels —

In Cave if I presumed to hide
The Walls — begun to tell —
Creation seemed a mighty Crack —
To make me visible —

내 재빠른 귀에 나뭇잎들은 ── 떨어뜨렸네

내 재빠른 귀에 나뭇잎들은 ── 떨어뜨렸네 ──
덤불들을 ── 덤불들은 종소리 울렸네 ──
하지만 내 숨을 곳을 찾을 순 없었네.
자연의 파수꾼들을 피해 ──

동굴 속에 내가 숨으려 하면
벽들은 ── 속삭이기 시작했네 ──
우주란 아마도 갈라진 거대한 한 틈 ──
결국 난 보이게 되리라고 ──

Fairer Through Fading

Fairer Through Fading — As the Day
Into the Darkness dips away —
Half Her Complexion of the Sun —
Hindering — Haunting — Perishing —

Rallies Her Glow, like a dying Friend —
Teasing with glittering Amend —
Only to aggravate the Dark
Through an expiring — perfect — look —

사라지며 더욱 아름답게

사라지며 더욱 아름답게 —— 낮이
어둠에 잠기듯 ——
태양의 얼굴은 반쯤 ——
멈칫멈칫 —— 떠나지 않으며 —— 소멸하며 ——

다시 빛을 모으네, 죽어 가는 친구처럼 ——
찬란한 변신에 괴로운 채 ——
오직 더욱 어두워지게 하면서
소멸하는 —— 뚜렷한 —— 얼굴로 ——

Shall I Take Thee

Shall I take thee, the Poet said
to the propounded word —
Be stationed with the Candidates
Till I have finer tried —

The poet searched Philology
And when about to ring
For the suspended Candidate
There came unsummoned in —

That portion of the Vision
The Word applied to fill
Not unto nomination
The Cherubim reveal —

나 그대를 데려갈까

나 그대를 데려갈까? 뽑혀 나온 언어에게
시인은 말했네 —
그러나 나 좀 더 잘 시험할 때까지
지원자들과 함께 기다리고 있기를 —

시인은 언어학을 탐구했네.
하여 기다리고 있는 그 지원자를
부르려 할 때
거기 부르지도 않은 자가 찾아왔네 —

바로 환상의 일부
말은 가득 찼네.
지명하지도 않은
천사들이 계시한 말이 —

A Deed Knocks First at Thought

A Deed knocks first at Thought
And then — it knocks at Will
That is the manufacturing spot
And Will at Home and well

It then goes out an Act
Or is entombed so still
That only to ear of God
Its Doom is audible —

행위는 처음에 생각을 노크하지

행위는 처음에 생각을 노크하지
그리곤 —— 의지를 두드려
그것이 제조의 현장
또한 평화와 행복의 의지.

드디어 그것은 행동에서 벗어나
혹은 고요 고요히 묻혀
오직 신의 귓가에만
그 운명의 소리는 울리는 것을 ——

To Flee from Memory Had We the Wings

To flee from memory

Had we the Wings

Many would fly

Inured to slower things

Birds with surprise

Would scan the covering Van

Of men escaping

From the mind of man

추억으로부터 우리 달아날 날개가 있다면

추억으로부터 우리
달아날 날개가 있다면
무수히 날게 되리라.
느리디느린 사물에 익숙해지며
놀란 새들은
인간의 마음으로부터
달아나고 있는 자들의
움츠린 커다란 포장마차를
빤히 바라보게 될 것을.

How Happy Is the Little Stone

How happy is the little Stone
That rambles in the Road alone,
And doesn't care about careers
And Exigencies never fears —
Whose Coat of elemental Brown
A passing Universe put on,
And independent as the Sun
Associates or glows alone,
Fulfilling absolute Decree
In casual simplicity —

저 하찮은 돌멩이들은 얼마나 행복할까

얼마나 행복할까 저 하찮은 돌멩이들은
길 위에 홀로 뒹구는,
성공을 걱정하지도 않으며
위기를 결코 두려워하지도 않으며 ─
그의 코트는 자연의 갈색,
우주가 지나가며 걸쳐 준 것
태양처럼 자유로이
결합하고 또는 홀로 빛나며,
절대적인 신의 섭리를 지키며
덧없이 꾸밈없이 ─

There Came a Wind Like a Bugle

There came a Wind like a Bugle —
It quivered through the Grass
And a Green Chill upon the Heat
So ominous did pass
We barred the Windows and the Doors
As from an Emerald Ghost —
The Doom's electric Moccasin
The very instant passed —
On a strange Mob of panting Trees
And Fences fled away
And Rivers where the Houses ran
Those looked that lived — that Day —
The Bell within the steeple wild
The flying tidings told —
How much can come
And much can go,
And yet abide the World!

나팔 소리 울리듯 바람이 불어왔네

나팔 소리 울리듯 바람이 불어왔네 —
풀밭 사이로 떨며
초록의 냉기는 불길하게
열기를 스쳐 갔네.
우린 창문의 빗장들을 내렸네
마치 에메랄드의 유령으로부터이듯 —
바로 그 순간 지나가는
파멸의 전기 같은 독사(毒蛇) —
헐떡이는 나무들의 낯선 무리 위로
하여 울타리들은 달아나고
하여 집들이 달려가는 강
보았네, 살아 있는 것들을 — 낮을 —
첨탑에서 사납게 울리는 종소리
소식들은 날아가며 속삭였네 —
얼마나 무수히 왔던가
또 가 버렸던가,
하지만 아직 살아 있음이여 세계여!

The Right to Perish Might Be

The right to perish might be thought
An undisputed right —
Attempt it, and the Universe
Upon the opposite
Will concentrate its officers —
You cannot even die
But nature and mankind must pause
To pay you scrutiny.

소멸의 권리란 분명

소멸의 권리란 분명
당연한 권리 —
소멸하라, 그러면 우주는
저쪽에서
저의 검열관들을 모으고 있으리니 —
그대 비록 죽을 수 없다 해도
자연과 인류는 분명
그대를 꼬치꼬치 검사하기 위해 기다릴 것을.

Love Can Do All But Raise the Dead

Love can do all but raise the Dead
I doubt if even that
From such a giant were withheld
Were flesh equivalent

But love is tired and must sleep,
And hungry and must graze
And so abets the shining fleet
Till it is out of gaze.

사랑이란 죽은 이도 소생시킬 수 있는 것

사랑이란 죽은 이도 분명 소생시킬 수 있는 것
난 생각하지, 그것마저
이 거인으로부터 멀리할 수 있을지
육체가 만일 동등하다면.

그러나 사랑이란 피곤해지면 잠자야 하는 것
또 굶주리면 먹어야 하는 것
또 또 반짝이는 사랑의 함대를 부추기는 것
보이지 않을 때까지.

The Waters Chased Him As He Fled

The waters chased him as he fled,
Not daring look behind —
A billow whispered in his Ear,
'Come home with me, my friend —
My parlor is of shriven glass,
My pantry has a fish
For every palate in the Year' —
To this revolting bliss
The object floating at his side
Made no distinct reply.

물은 달아나는 그를 좇았네

물은 달아나는 그를 좇았네
감히 뒤돌아보지도 않으며 ―
파도는 그의 귀에 속삭였네,
'나와 함께 집으로 갑시다. 친구여 ―
내 응접실엔 속죄의 잔이 있으니,
한 해 동안의 모든 미각을 위하여
찬장엔 생선도 있으니' ―
이 소박한 행복에
그의 옆에서 떠도는 사물들은
아무 뚜렷한 대답도 하지 못했지.

에밀리 디킨슨
1859

에밀리 디킨슨의 초상화

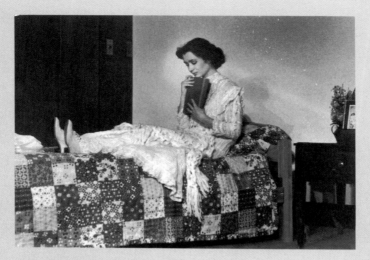

에밀리 디킨슨의 삶을 그린 연극에서

1971년 에밀리 디킨슨 우표 (미국)

소멸할 권리

강은교

1830년은 영문학사상 두 개의 별을 지상에 탄생시킨 묘한 인연의 해였다. 영국의 여성 시인 크리스티나 로제티(Christina Rossetti)와 미국의 에밀리 디킨슨(Emily Dickinson)이 그 두 별이다. 같은 12월에 닷새 간격을 두고 로제티는 5일 디킨슨은 10일에, 한 사람은 런던에서 한 사람은 미국 동북부 매사추세츠 주의 애머스트(Amherst)에서 각각 태어난 것이다.

두 시인은 그런 이유로 자주 대비되는데, 로제티가 감성의 시인이라면 디킨슨은 지성의 시인으로 평가된다. 전자가 따뜻하고 음악적인 시를 썼다면 후자는 냉정하고 고독한 은둔자의 시를, 또 전자의 시가 즐거움을 노래했다면 후자의 시는 깊은 비애를 노래했다. 두 사람의 가계(家系)에서도 이런 대비는 성립되는데 로제티의 아버지가 이탈리아계 학자였던 반면 디킨슨의 아버지는 법률가로 그곳 애머스트의 유지였다.

에밀리 디킨슨에게 아버지는 절대적인 존재였다. 아버지 주위에는 친구들이 많이 드나들었고 이들은 대체로 상류층 사람들이었다. 집에는 커다란 서재가 있었는데 민감한 디킨슨은 아버지의 서재와 드나드는 사람들을 통해서, 말하자면 세계를 엿들었다.

디킨슨은 소녀 시절에는 가족이나 친척, 친구들 사이에서 재치 있고 영리하며 호기심 많은 소녀로 평판이 나 있었다. 그런데 어찌된 일인지 자라면서 그는 외부 세계, 또는 외부 현실에 대한 관심을 잃어 갔다. 스물네 살이 될 무렵에는 가족들에게 "난 무슨 큰일이 생기지 않는 한 절대로 집을 떠나지 않을 거야."라고 말하곤 했다. 그것은 차츰 현실이 되었다. 그는 볼일을 보러 잠시 떠난 것 외에는 결코 일생 동안 집을 떠나지 않았으며, 아버지의 집 안에 스스로를 '감금'시켜 버렸다. 한정된 현실의 육체적인 여행보다는 더욱 광대하고 본질적인 정신의 여행을 하고 있었다고나 할까. 스스로 둘러친 그 사소한 사물들의 울타리 안에서 에밀리 디킨슨은 순간과 동시에 영원에 부딪치고, 삶과 함께 죽음을 깨달으며 자신의 궤적을 시화(詩化)했던 것이다. 따라서 그의 생애는 당대 어떤 시인들보다 신비에 가려질 수밖에 없었다.

그러나 그의 편지라든가 산문 또는 시의 연대 등의 증거에 의하면, 그가 서른 살이 되던 무렵(후세에 와선 1860년경) 어떤 결정적인 사건이 일어난다. 사랑의 사건이었다.

서른 살은 여성에게 육체적으로나 정신적으로나 성숙기에 접어드는 시기이고, 이것은 한 여성이자 시인인 디킨슨에게도 해당되었다. 그 사랑은 기혼자인 목사와의 사랑이었으나 실패로 끝났다. 실연의 불꽃은 곧 시로 폭발되었고, 그의 절망은 시 속에서 하나의 세계로 승화되었다. 그 세계란 고독하고 비극적인, 인간의 본질적인 삶의 세계였다. 디킨슨은 그 속에 스스로를 감추고 고독과 절망의 손길에 자기를 쓰다듬어 줄 것을 부탁했다.

사랑의 실패 후 디킨슨은 현실에 대한 문을 완전히 닫았다. 결혼도 물론 거부되었다.

영혼이란 제 있을 곳을 선택하는 법
그리곤 ─ 문을 닫아 버리지 ─
숱한 천상의 넋들에게 ─
더 이상 현전(顯前)하지 않아 ─

움직임도 없이 ─ 꽃마차를 노래할 뿐 ─ 머뭇머뭇 ─
낮은 제 문 앞에서

움직임도 없이 — 제왕도 무릎 꿇리지
영혼, 저의 매트 위에

난 영혼을 알고 있지 — 그 광대한 나라에서
하나를 선택하라
그리곤 — 관심의 밸브를 잠가 버려라 —
바위처럼 —

— 「영혼이란 제 있을 곳을 선택하는 법」

시인은 이렇게 노래하면서 돌처럼 자연스레 인간과 삶, 시간, 우주 따위를 이해했고, 거기에 일거의 항거도 없이 융화되어 갔다. 그는 대신 우주와 결혼했다. 그에게 있어 남성은 성스런 세계, 끝도 없고 시작도 없는 '영원한 세계 속의 우주(Universe in it's Divine Aspect)'로 대체되었다. 디킨슨은 그에게 전신을 바쳤고, 흰옷을 차려 입었으며, 매일 기도의 노래를 지었다. 6년 동안 거의 1000여 편의 노래가 지어졌다. 그가 평생 쓴 작품 수의 반 이상을 넘는 숫자였고, 1862년 한 해에만 366편의 시를 썼다.

그 비극의 기간은 신생 미국의 역사를 결정짓는 한 격동기였던 남북전쟁(1861~1865)의 시기와도 일치했다. 또한 프래그머티즘과 경이적인 과학의 발전, 다윈의 진화론의 출현으로 인해 뉴잉글랜드의 구 캘비니즘(Old Calbinism)이 격렬한 도전을 받고 있던 시기였다. 한편으로는 그런 현실의 반동으로 맹렬한 청교도주의가 부활하여 사람들은 정신적으로나 육체적으로나 격동에 휘말리고 있었다. 거기에 인디언이라는 종족과 거대한 서부의 평야가 그들 앞에 미지의 모습을 드러내고 있었다.

에밀리 디킨슨의 내부에서도 진보적인 뉴프런티어 정신과 전통적인 보수주의 정신이 자랐고, 그 두 개의 정신은 하나의 질서를 찾아 충돌하고 있었다. 위대한 과거가 부서지고 위대한 미래가 태어나려는 과도기의 어쩔 수 없는 상황이었다. 그러나

디킨슨은 그 속에 결코 휩쓸리지 않았다. 그는 새로운 시대를
예감하고 있었고, 미를 추구했으며, 그러면서도 그 어느 것에도
자기를 예속시키지 않고 독자성을 지켰다. 그의 시는 완전히,
홀로, 어떤 지식이라든가 '이즘(ism)'의 감염도 없이 순수하게,
그만의 양식으로 순화되었고 허무(Nothingness)에 도달했다.

> 세계를 새롭게 하는
> 힘인 '허무' —
>
> — 「소박하게 더듬거리는 말로」에서

   1886년에 디킨슨은 고향 애머스트의 집에서 한 권의 시집도,
혈육도 남기지 않고 세상으로부터 사라졌다. 그렇다. 그것은
일종의 소멸이었다. 그가 미리 부른 노래처럼.

> 소멸의 권리란 분명
> 당연한 권리 —
> 소멸하라, 그러면 우주는
> 저쪽에서
> 저의 검열관들을 모으고 있으리니 —
>
> — 「소멸의 권리란 분명」에서

절망과 고독

강은교

"시인이란 자기 시대를 증오하게 마련이다. 시인이란 말하자면 추방당한 자이다.", "시인은 신비하다. 그러나 모든 것이 말해져 버리면 시인은 은행원보다도 신비하지 않을 것이다."라고 말한 미국의 시인 앨런 테이트의 견해는 에밀리 디킨슨이라는 한 신비하고 영원한 처녀 시인에게 그 어떤 이야기보다 정당성을 지닌다.

에밀리 디킨슨은 이 세상을 끝마칠 때까지 처녀였다. 그는 현실적으로 결혼을 거부했을 뿐 아니라 당대 사회 또는 문학이라 이름 지어지는 모든 행위, 가령 자신의 시를 발표한다든지, 저술을 한다든지, 명성을 기다린다든지 하는 일체의 관습(나는 이런 것에 감히 관습이라는 표현을 쓰기로 한다.)을 거부했다. 이런 거부는 물론 의식적이라기보다는 천성적 또는 천부적인 것이었다.

에밀리 디킨슨은 생전에 겨우 일곱 편가량의 시를 '세상에 보일 목적'으로 지면에 발표했다.(테드 휴즈는 여섯 편이라고 보며, 존 랜섬은 일곱 편, 여기에 덧붙인 연보로는 여덟 편이 된다.) 그러나 그는 곧 발표를 포기하고 자신의 울타리 안으로 숨어 버렸다. 왜냐하면 당시 디킨슨의 시는 받아들여지기 곤란한 것이었고, 대시(dash)와 대문자의 사용, 행과 연의 특이한 구분 등의 독특한 스타일이 편집자의 눈총을 받았기 때문이었다.

디킨슨은 완전히 홀로 시를 썼다. 문학적인 대화 같은 것을 시도하지도 않았다.(다만 한 번《애틀랜틱 먼슬리》의 문학 편집자인 히긴슨에게 문학에 대한 충고를 요청하는 편지를 쓴 일이 있을 뿐이다.) 당시는 비평의식이 그리 활발하지 못한 시기이기도 했다. 그의 시는 완전히 가려진 채 시인의 고독 속에서 은밀히 창조되었다. 그렇게 디킨슨은 1700여 편의 원고 뭉텅이와 한 순수한 생애를 서랍 속에 감추고 일생 단 한 번도 떠나지 않은 고향집에서 소리 없이 세상을 하직했다.

그리고 에밀리 디킨슨은 부활했다. 이번에는 완전하고 위대한 한 시인으로. 1955년, 시인의 사후 69년이 되는 해였다. 그해 비로소 그녀의 본격적인 시집(총 세 권)이 하버드 대학 출판부에서 출판되었고, 그때부터 디킨슨은 위대한 미국의 시인으로서 재조명받게 된다.

물론 이전에도 에밀리 디킨슨의 시들은 몇몇 옹호자들에 의해 수집·편집되어 간헐적으로 출판되긴 했었다. 특히 디킨슨의 시는 그의 실연과 특이한 생활방식 등이 대중의 흥미를 끌어 인기를 누렸지만 중요한 시인으로 평가받지는 못했다. 더구나 그의 시집은 작가가 정리한 것이 아니라 불확실한 필사본 원고가 나돌아, 편집자들에 의해 대시가 삭제된다거나, 구두점(punctuation)이 무시된다거나, 대문자가 알기 쉽게 바뀌거나, 원본에 없는 제목이 붙여지는 등 적당히 변경된 것들이었다.

그러던 것이 1955년 하버드판에 이르러 거의 최초의 상태로, 대시와 대문자를 살린 것은 물론 한 구절도 삭제되지 않고 완성된 것, 또는 미완의 것, 또는 단상 등을 가능한 한 원본에 가깝게 연대순으로 정리한 것이다. 그렇게 모인 시들은 1775편에 이르렀다.

흔히 시인의 최소이자 최대 '허영'은 발표 또는 어떤 식이든 독자에게 전달하는 데 있다고 말한다. 시인들은 현실적으로 돈이 되지 않더라도 대개 한두 권쯤 생전에 시집을 만들어 보거나 발표하는 기회를 꿈꾸기 마련이다. 그러나 에밀리 디킨슨은 결코 스스로 시집을 만들지 않았다. 디킨슨의 근원적인 절망과 고독은 그런 최초 혹은 최후의 '허영'마저도 극복하게 했고, 그 때문에 문학사상 디킨슨처럼 사후의 시집 간행으로 시 자체에 수난을 당한 시인도 없다.

　디킨슨의 첫 시집은 그가 죽은 지 4년 만에 첫째 권이 출판되었다. 그 후 간헐적으로 출판되다가 1894년에는 편지가, 1896년에는 세 번째 시집이 출판되었으며, 1914년 조카 마르타 디킨슨 비앙쉬에 의해 'Single Hound'라는 제목으로 출판되면서 그의 모습은 좀 더 확실히, 또 환히 세상에 빛나기 시작했다. 그 후 비앙쉬와 디킨슨의 옹호자들은 계속 그의 편지와 산문 등을 출판했고, 시도 끊임없이 재발굴했다. 디킨슨의 시는 신비평가들에 의해 연구되기 시작했으며, 1970년대와 1980년대에는 페미니스트들의 탐색 대상이 되기도 했다. 1800년대의 한 여성 시인으로서 에밀리 디킨슨이 만났던 어려움, 즉 사회로부터 거부당하거나 사회를 거부하고 은둔하는 그의 고독한 선택 등에 대해 논의되었다. 그제야 비로소 그 삶과 문학이 이해받기 시작한 것이다.

　1920년대의 여성 시인 아미 로웰(Amy Lowell)로부터 "정신적인 교류(Spiritual relation)"로 불린 디킨슨의 시는 사랑이나 자연과 신, 경구나 단상 등 여러 주제로 분류될 수 있으나, 여기선 '죽음'과 '자연에 대한 이해', 시인의 개인적인 '실연'의 고백을 주제로 나누려 한다. 왜냐하면 이 세 가지는 인류의 영원한 주제일 뿐 아니라 1800년대의 한 여성 시인이 오늘날 어떻게 우리에게 공감과 애정을 일으킬 수 있는지를 보여 주기 때문이다.

　디킨슨에게 '죽음'이란 주제는 거의 절대적이다. 그에게 있어 죽음은 보편적인 서구의 죽음, 즉 기독교적인 고통의 죽음, 그 고통을 겪음으로써 극복하는 죽음과는 상당히 다른, 특이한 양상을 띤다. 그의 죽음은 한 따뜻한 구원자로서 꽃마차(carriage, chariot)의 이미지를 빌려 다가오며, 끊임없는 원망의 대상이 된다. 디킨슨의 죽음은 어떻게 말하면 동양적인 자비, 구제의 모습을 띠고 있다. 시인은 투쟁하는 것이 아니라 가만히 기다린다.

시간에 실려 끝없이 삶이라는 원 위를 돌면서 그 '죽음의
꽃마차'가 자신의 영혼을 실어다 주기를 꿈꾸는 것이다.

> 내 죽음 때문에 멈출 수 없기에 —
> 친절하게도 죽음이 날 위해 멈추었네 —
> 수레는 실었네, 우리 자신은 물론 —
> 또 영원을.
>
> —「내 죽음 때문에 멈출 수 없기에」에서

디킨슨의 시 중 가장 완벽하게 쓰인 것으로 평가되는 이 시는
그런 '죽음'의 모습을 아주 극명하게 나타내고 있다.
그리고 시인은 이 '죽음'을 삶 속에서 늘 직관적, 또는
선험적으로 경험한다.

> 나 죽어서 — 웅웅대는 한 마리 파리 소릴 들었네 —
> 방 안에는 고요
> 마치 끓어대는 폭풍 사이 —
> 허공의 고요와도 같이.
>
> 사방에서 눈(眼)들은 — 싸늘하게 비틀어대며 —
> 숨결은 죽음의 왕이 지켜볼
> 마지막 한순간을 위해
> 굳어지며 — 방 안에서 —
>
> —「나 죽어서 웅웅대는
> 한 마리 파리 소릴 들었네」에서

에밀리 디킨슨의 죽음은 동양의 죽음에 가깝다. 이런
죽음과의 친교, 그것은 시인에게 하나의 질서를 요구한다.
고독이다. 고독이 그의 죽음에 제물이 되는 것이다. 고독은 곧

시인의 절망을 합리화하고 순화하며 이러한 절망의 순화를
통해 시인은 세계와 화해, 또는 융화라는 '종말적 성취'에
성공적으로 이르게 된다. 이것을 단계적으로 축소해 풀이해
보면 '시인→절망→고독→죽음→우주→화해'라 할 수
있을 것이다. 앨런 테이트는 그의 에세이에서 디킨슨이 "사상을
본다, 감각을 생각한다."라고 지적하고 있지만, 고도로 응축된
이미지들에 의한 이러한 융화는 그녀의 시를 단순히 '실연당한
여성 시인의 연시'라는 흥미로운 차원에서 연구한 신비평가들의
연구대상에만 머물게 하지 않는다.

  '자연'에 대한 통찰을 주제로 한 시들도 주목된다. 디킨슨에게
'자연'은 그러므로 어찌할 수 없는 완벽한 세계다. 자연은 그것
그대로 '성취'다. 그 속에서 산은 눈치채지 못하게 자라고 물은
끝없이 흐르며, 곳곳에서 화산이 터질 준비를 하고 있다. 그
목적은 물론 아무도 모른다. 인간은 숨으려 하지만 결코 숨을
수 없다. 그것이 자연의 질서인 것이다. 인간은 끝나지만 자연은
결코 끝나지 않는다. 이것이 시인에게는 절망이자 희망이 된다.
고통스런 희망, 디킨슨은 그것을 인정하고 받아들이지만 시인의
고독과 절망은 다시 한 번 확인되지 않을 수 없다.

  마지막으로 그의 개인적인 고백의 시, 즉 '실연'의 테마를
빼놓을 수 없을 것이다. 이 실연의 시들은 모두 날짜가 쓰여 있고,
빠른 필적으로 적혀 있다고 한다. 그리고 놀랄 만큼 에로틱하고
열정적이며, 자신을 몰입시키는 이미지들로 가득했다. 돌처럼
냉정하게, 보잘것없이, 고통도 비애도 넘어선 열정.

> 사랑이란 이 세상의 모든 것
> 우리 사랑이라 알고 있는 모든 것
> 그거면 충분해, 하지만 그 사랑을 우린
> 자기 그릇만큼밖에는 담지 못하지.
> ──「사랑이란 이 세상의 모든 것」에서

이 시집에 실린 시들은 테드 휴즈(1930~1998, 웨스트 요크셔 출생. 1984년부터 사망할 때까지 영국의 계관시인이었다.)가 엮은 『에밀리 디킨슨 시선집(A Choice of Emily Dickinson's Verse)』에서 선별한 것임을 밝혀 둔다. 에밀리 디킨슨을 사랑하는 한 사람으로서 누군가에게 도움이 되기를 바라면서.

세계시인선 11   고독은 잴 수 없는 것

1판 1쇄 펴냄 1976년 6월 25일
1판 4쇄 펴냄 1989년 4월 25일
2판 1쇄 펴냄 1997년 1월 20일
2판 4쇄 펴냄 2010년 9월 29일
3판 1쇄 펴냄 2016년 5월 19일
3판 9쇄 펴냄 2022년 11월 24일

지은이   에밀리 디킨슨
옮긴이   강은교
발행인   박근섭, 박상준
펴낸곳   (주)민음사

출판등록 1966. 5. 19. (제16-490호)
주소   서울특별시 강남구 도산대로1길 62(신사동)
         강남출판문화센터 5층 (우편번호 06027)
대표전화 02-515-2000   팩시밀리 02-515-2007

www.minumsa.com

ISBN 978-89-374-7511-5 (04800)
      978-89-374-7500-9 (세트)

* 잘못 만들어진 책은 구입처에서 교환해 드립니다.

세계시인선 목록